吶喊前後

後現代詩選集

碧果——著

序　鏡內一株甦醒之樹

——摘自碧式語錄

碧果

●

詩的骨血在意象。

●

詩的語言，甦醒於直覺的潛意識之中，而後，蛻變為意象詞語。這種機能的啟動，如枝葉的成長，花朵的綻放。但有時詩人往往因膽怯，潛抑自我，不敢冒然踰越語言文字的範疇。我視此種行為，是理性過度保守的通病。

●

詩，不要拖累的文字與詞語。它必須是任何狂風驟雨，也無法撼動絲毫的詞語。

詩，絕不可虛假。詩應以形式與內涵，孵育出，一則或多則問題，以詩做解。使意境向四邊延伸至無限。像空原上一株小樹一樣沉默，孤獨，更清晰而赤裸的站在那裡。活著。

為了美的魔性肌理，組成一句詩的有限字詞，往往要在美的馴化下，經過長考推敲，東拉西扯，數次挪移，按其尺碼，高矮胖瘦的編排組構成形。適得其所的產生出美的意涵與機能，發揮其象徵、暗示、隱喻等意象，此刻，一句詩的形構，使告完成。

詩，是偷窺現實世界的一方窗口，也是直通超現實與面對當下實境，後現代的，面目清析的一條皇宮大道。

詩，是點性文學的表現，空間性較為窄小。無妨。詩人俱有瞬間運作靈思妙想的意象想像，使窄小空間，展現出魔性的寬廣，深遠與遼敻。甚至在聯想的範疇內外，導佈一座座奇特瑰麗的迷宮，矗立在見與不見的現實世界中。

詩的語言在意象中的異變轉位，乃是經由內心世界想像空間的內化運作，經過辯證與邏輯的提升，和超越之後，始能臻至超現實與後現代作品表現的精髓。

詩人面對的是面對一個經驗的世界。其本質乃是依靠語言文字對一切新事物的命名。詩，最上乘的語言，是取自感覺的世界。它可使感官上意象中的「美」，更「美」。

「善」，也更「善」。而「真」呢？「真」是詩人本尊內外的「存有」。所以，詩人才是面對經驗世界的問與答的「主角」。

每一位詩人在創作時，均有其私我語言文字獨特的編碼存在。因為，他已見證了他的經驗與肉身心靈之合二而為一。於是，形成「風格」。

● 詩的語言文字，應有多樣性的圖像展現。儘管是在同一首詩中出現同樣的文字，也因位置與企圖情境之不同的象徵、暗示與隱喻。

● 詩人，應恣意享樂語言的「感官饗宴」。

● 詩的意象均來自作者對生活與現實間萌發新的意識和體驗，但對讀者來說，也許會產生一種距離與陌生感覺，此刻，讀者應起動聯想力，透過潛在的心理情素，探索生活中，方方面面的經驗的觀察，以暗示、隱喻的取向，回應詩中意象轉化，使其距離縮短，誕生自我之發想。——恁誰也不會與作者創作當下的激情相契合無二。即是有些差距，其中也許更會生發出比原作之企及的意象更為寬廣。我視此為讀者的再創作。因為，詩的意象是自主的。所以，使意象激發出靈動的聯想力，詩作才可誕生永恆的生命。

● 詩的文本其中語言有時蘊含世俗的句法，它必有其暗示與隱喻等技法的跡象與迴異的思考在。而當詩的語言撞擊讀者的各種官能時，既可產生視覺美感，使感官世界激發出思想經驗運作語言特有的魅力之擴張與延伸。

● 詩人的信仰，即是詩人自己的靈思特質。讀者也然。

● 詩人，因為貼近面對的當下，將真切的現實樣貌，以內心世界本我的「真話」展露，而遂行善與惡的，各種實事與人、與物的批判，以激情傾向、探索美與醜的營造文本，即是「後現代」的表徵。

● 詩，是由心象，對人、事、物細微觀察，觸動觀照的靈思，而運生為意象。不論此意象，經過轉化再轉化，成為詩的語言文字，都或多或少的表現出敘情與知性的質素。因此，也多少具備了劇的情節。而這種情素並不曖昧與突兀，此乃為想像中連接情景與心象的交融，成為劇的經營與展現。

大凡一首內容、結構、形式完整的形塑為詩之創作，均可想像連接影像的引伸延異為

「劇詩」或「詩劇」。在內心舞台，做為書齋式的私我演出。——而作者與讀者，均為演出之主角。

●

詩人，即是凡人。也是白癡與瘋子，在人本的內外，誕生人生舞台之內外的的角色與觀者。

二〇一七年三月十八日　午夜

目次

卷二　等待未死的等待

卷三 懸絲人的傳奇

卷四 裸體空間

卷一

已然發生

吶喊前後

風拂肉身猶似魚游的　活著
在水　穿透雲影的　活著
寬窄長短的　活著
獨坐案前享樂的　活著

舒暢的
抽離。
宛如守宮
在壁
急促的
爬行，舌捲
一隻
吸血的
蚊蚋。

饗宴
久在堆疊的
形容詞裡
拯救
活著的
你我，且
漸次蒸發
加速在　美中
步向　孟克的
塗抹。

賁然
歌者聲中如若火燎　爆額
因
你我已搖身　為
尚未脫序的
主動詞。

二〇一六年三月二十七日，聯副。

又是超前傳奇的一天

一朵花開放在渾噩的夢中
以此為起點，擁有一切
不論忙不忙，跋涉與否均在前邊
癡望著遲到的　自己

哦　你與我一樣。

早已不經意的落入一個碩大發酵的
囊裡很久很久了。而
在內裡你是時間。在外邊你是空間

外邊是陌生的暫新，內裡
是密謀中　一切
默默奔跑的

生
與
死的　重複演練　與之
創造寬窄不一的　記憶
延伸自我非同凡常的

夢
與
腦袋。

已發表於聯副。

你享用的無疑就是你自己

你所享用的無疑就是你自己
變的不是我，而是你的距離

你終究會相信我說的
我們都居住在一切的脆弱裡
愛與不愛一起擠壓再擠壓
所以我離開我自己。因為
凡對我的每個介面都是個黑洞
所以　你無法成為我。因為

我就是一個巨大無匹的黑洞
不過，無　害。——
每每，我僅需要微量的焦油

所以

我夢想是隻　雲雀
可
拔地　直沖
高空而　飛。翔著
歌唱。

二〇一五年十月二十八日，聯副。

誘因在化學變化中

為何
每條巷口　均有
一把
鑰匙
伸出來。而

每把
鑰匙　均有
眉眼，詮釋
色、空。有、無。虛、實。善、惡的
塞給行人的
手中。

恰如其時的
有朵豔麗盛綻的
紅花
越過圍籬
觀賞
其中的奧義。

「喂！請您把門，開開！」

此刻
我已匆匆走過
因
形態如我之　門
乃是
裸體時空的
一
句
詩。

唔
其中奧義　是
為何，每條巷口　均有
一把
鑰匙
擠
眉
弄
眼
的，或

怪模怪樣
的

伸了
出來。　而
我　無言。——

（這真的，是一個無法估量的
面對。而
形成的　一齣
荒謬至極的

劇碼。）

二〇一六年五月十八日，聯副。

時間・並非偶然

我為何願為液狀而消融
唔　一朵紅花綻放如　火
是以，光與風透體而過

凌駕一縷幽香，我走出巷口
左無矛。右無盾。
像風在街景尋覓自己

旋轉、聚焦
街景像張羅織的大網

我擺盪在網中，沒有翅的拍擊
也未赤身露體
街景就把我為角色的街景之一了。

而你也許如我一樣。毫無定解
在另一街景中，我們是夫妻或父子
因　並非偶然。時間

所以
不必　悲或喜。

二〇一三年七月二十三日，聯副。

在一面反芻的鏡景中餵養自己

我　一個人。
在一波波浪花的口中
欣然的讀著自己
面海而立。因為

我知曉我還站在這裡。且
瞬時　頓悟
海若繭。我如蛹。

霍地
噬血之我　一口咬著下墜的夕陽
聯袂　沉入
地界之外。

翌日
已成混生夕陽的　我
猶若　遠行歸來的旅人
依然，不捨在一面反芻的鏡景中
以　夢，餵養貧血的

自己。因
發胖，而

成詩。

二〇一五年五月十八日，聯副。

美在落葉被遞解中

遞解落葉
墜入林地的　是
風之美學。

我的眼睛
被　落葉遞解為風中之
風。成為
視覺的　首謀。

縱貫我之軀的
是條　大河
細皮嫩肉　紅裡透白的
側臥，在寵與不寵的
天地之間，腳步
深深淺淺的　烙印出

血肉的
網絡。而

尖刻反諷的　樹葉
透出趨近於乖狂的暗喻
且
越過
我
與
鏡體之　距離
消亡。

之後
被明暗絞死而復生的話語
仍　彌合在風雨中
擁之吻之
握之眠之　而
取暖。

哈哈！
僅只前後笑聲。哈哈！
何來酸辣辯證。
樹梢搖擺在濃霾的懷裡
左左　右右的
述說
美學的快感。

繼之
我迅然反身
謙卑萬種的　冥思
解體重組的
自己。因
風之美學，乃是遞解落葉　墜。
ㄚ。
林地。

二〇一六年九月三十日，聯副。

2007夏季作品

線條抽象一點也好

樹的搖動是風的飢渴
搖動是否剝奪了樹的美醜與險惡

風吼。雨也吼。
場景為騷嚷動亂的知性
而敘述理性的是樹也是　風
整個體內旌旗招展，金鐵交鳴
短兵相接，沒有答案
也許沒有答案，就是答案

桃花、李花、杏花，以及蓮花
為何仍要獻身沒有答案的大地
為何陽光也冥想為動物的渴望
使影子親近濃情蜜意

所以
風吼。樹也吼。
所以
個體與群體均以抽象的線條
狂奔而復歸。

唔
穿越編織神性的糾結去召喚
原本可以解惑的不怎麼
先知的

那個　自己。

二〇一四年十月十九日，聯副。

已然發生

脆弱均為惡質之　品物。
時空中最為易老的是　字詞
如將其移轉方圓之外
向內查察　之後
誰個與之會合為形容詞
且　生出邏輯無數的腦袋
經心與不經心的揮出棍棒
忘卻理據，狂燃自我，而蛻成
毒害的品和物。最終，左右上下返覆閃避
日夜　翻騰於良知與狂暴的
撕裂悔意的血肉中，終了
自我內納為泥淖，再次
再次　滌清成　白。

但　美的呈現　為
使字詞脫皮重生，綻放
清芬靜美之　荷。之後
解體重組　貼近
人的條件

已發表於聯副。

八段後現代活人一個

⊙

芬芳顫動的
場域　是
活的天空

從清明說起
雨
正午
以金絲　織夢

吃
你。

⊙
暮色
島體赭紫
浪花
在
遠遠的
天邊
挽著　星
往
內層
接收
光。

⊙
我們在暗處
都光著身子

擁抱。
也想
變成　光
由內往外　遁出
而
誕生
浪花
和
豹。

⊙

燈
因　夜
多出一隻　手
他得以

攫捕
被
淹沒的
一切
黑

（黑　也是你我的　風景）

很甜。很美。

⊙

腦袋
夜半
在四牆之內
驚恐。害羞。

一杯拿鐵

一杯珍珠奶茶
均可
他以眼睛
滑進
時間
和
我之
器皿。

翻攪著

⊙

你知道
一只
透明的瓶子
知道
是　魚之

飲品
騷動為
一枚失控的
蘋果。

⊙

葉與
籽實
如
我們
站在
門
窗　之外
牆
床　之外

墜
落。在樹之外
所以

魚
知道
我
也
哭成了
魚
知道。

⊙

所謂
纏身的
後激情
是
自慰而後的

飛天的
感覺。

二〇〇八年秋季作品，新原人，一二六期。

八段後後現代活人一個

●

春天的活躍　是
感官
生翅。
因為
邏輯是胎生或卵生的
思考方式，沒有量度。只有
香味。

●

有種氣，從被窩裡露出頭來
爬行在體膚之上，是
蟲子。也是
星星。

●

生　與　死，均為
剪刀、石頭、布，惹出來的一口
濃痰。
乍然　天花亂墜之後
誤解是營造翔遊的　陶醉。

●

鳥　飛。
我也　飛。我之飛，乃
在　內裡
飛。

●

肉身是深不可測的　笑。
而　非哭。也是笑，而
非　笑。這些均是哭笑不得的笑與哭
或是
笑哭不得的哭與笑。

●

詩
是自身之外的　或
自身之內的　去形離體的

語言。
它
足夠養活　詩的
一個
活人。

●

企盼　在焉的還是　心
浪跡些許的江湖
路邊有花也有草
偶有一窩尚未睜眼的雛鼠
在
爭
吵：

為何冬去春醒時被風雪咀嚼過的
大地　都張開嘴巴，在所有的角落
綻放為二重結構的花之邂逅的　草。

●

這　故事
誰說
石頭
不會知道。因為
天空
也在
飛。

二〇一四年七月二十八日。

2017.

無盡無止的波動是時間

無盡無止的波動是時間
那吸附其中冷暖的為空間
對應的調料該大膽的加些風雨
定位色香味與悲喜

街衢如河流
人車往返　浮盪
均為花的綻放與凋零

請速登岸
江水向東流。你說。——
於是
是你看見我眼中之你
我也在你眼中看見我自己

是了。我說：
今日晚餐　為
烹飪你我的五湖四海　與
一樹繁花無風自舞
之後
嵌入經典的飄墜。之後
你我入定若　蛹。

二〇一五年九月二日，聯副。

不停旋動的空間

區塊為紅的是遠近之　楓
深層有我孵卵的　夢
夢為一株自燃的火焰
香味來自狂喜的自我。因

我已把自己潛入楓之葉脈
脈紋裡均是閃著眼瞳的腦袋
停、聽、看；
是
彩色喊疼的街衢。有趣。

唔
剛剛走過，面前不遠處是幾位巨人
卻　均成為空了的瓶子。透明。

且　昂首
無聲的說著什麼。而
在時間的稜鏡之擁抱中
空間　依是不停的旋動
不停。

二〇一五年七月三日，聯副。

也許

最後被反轉或揭開的還是　自己
結果，就是如此
看街體上的市招，廣告詞語
誰人可清醒的說清道白：

我　該是誰？

在各種夢與現實抽搐的當下
刀槍不入，才是文本內外的文本
街體得逞的端點左右前後
而　行至盡頭

左。轉
右。轉

均可把你我吞沒。也許
可能　再生。也許
沒有所謂的
也許。

二〇一四年一月二十六日，聯副。

生之翅的巧妙

悲喜活出來的種種
是　須臾邁出的快板
追逐胖或者瘦

待返身回來再說吧
什麼根莖葉與花果
張口結舌的放在床上
不具任何心計的端詳片刻

夜　已敞開軀體
二大爺一臉迷醉的詞句
不矛不盾的
一口吞下一個苦澀酸甜的
夜

與自己

二〇一五年十二月三十日，聯副。

與孕生心中反覆捕捉的美相遇

在界之內外
形式或意義
雄偉與否？即在於
斷裂後的　融合
使
美，無法再去
抽絲剝繭。或
加　減　乘　除
類如繁衍的技巧
已步上一條事件敘述的
脈絡。循此
閱讀邏輯
摘下　面具。始能
逼近相遇之

美。而
我之美，即是
山崖峭壁上，孕生
春夏秋冬
解釋
本真律法的
蒼勁、
孤獨，而
張嘴不語的
一棵
虬松

二〇一五年一月十二日，聯副。

櫻與我之在場

我說櫻花在看　我
因為　是我也在看　櫻花
這情境　我絕對沒有騙你。
真的

滿樹盛開花朵　一蓬水紅
張著小嘴　笑。
顫動在美的豔麗裡
述說春裸的胴體　是
外在多於內在的傳遞。還是
內在多於外在的展現。均為
蜜糖的親近春我　與我春之

景色。
我　已感知在主客思維內
所有我之全部已被吸納為　在場
之
櫻花隧道。而

美景已然　不分彼此。
視覺隨心所欲的　觸及。與之
情不自禁的　著魔。與之
心醉神迷的醺然之　在場
之
血肉　燃燒的
櫻之我與我之櫻。春景
已醒成　蝶與蝶人　之
癲狂。

二〇一六年六月二十三日，聯副。

邊角上的眉批

我愛　雲。也愛　松。
更愛獨坐松下的那個　我

這場景　已由我的眼中進入
慾望旨在反觀或窺伺
直抵我深深深的深處
乍然巧遇獨坐松下的那個　我
背影如一段仿宋的字體，迷濛
此刻　他沒有看雲
僅見他正專注的閱讀著
那　始終站在場景之外的　我
的
溶入

與

淡出。

二〇一三年三月十二日，聯副。

街景行腳

被歸結為你的是我
位階在於林蔭，鳥語花香
全然為慾望之實存的自足
而
你已解滅我為你
繼續為視覺中的視覺
尋覓被你解滅的
自己。

除此之外
你
依然如你　驚嚇為　鼠
因　浪捲千堆雪的
亦矛亦盾的

演出。

二〇一三年五月二十九日，聯副。

引發一切的一切是我

引發一切的一切是我。而
非你或他
軌跡在枝葉與花果
內涵在於香甜、苦辣與酸腐

這一切我是以不在觀望等待的在
畫面在我內心居住為　我
而非，你或他。其實
除了等待，也不是什麼巨變
這就是最美的

回答。所以
我與我之間還有一個　我

活著。

扮演問與答的角色。

二〇一三年十一月二十六日，聯副。

等待轉世的柏拉圖回來

之所以這樣
風給予樹的話語　是
口語的對白，而非
敘述生動的故事。
僅只為對面街角的錯位　形成
氣流的一種圖像趨勢

樹　也許並非適當的聽者
因　風反覆的敘述
　均為　一件事

風說　這是最佳的方式
但　有時溫柔　有時力盡精疲

啊
我站在這圖景中
模仿　樹。也模仿　風
如何解決感覺與超感覺的感覺
探討與樹和風，美善的顏容
而其終結：

最後，還是等待
轉世的柏拉圖　回來。

再說。

二〇一六年三月四日，聯副。

請勿嘲弄影像中的我沒瘋

借用光之語言
不說。也非 祕密。因
優寙 尚未鋪排成形。

我已把花、草，插植髮中
卿曰：汝乃天才或先知。

美、美、美。

這僅是奔向朽與不朽的
混生的 當下。
出人意表，獨樹一幟的意涵
覓見出口的時尚。絕非
瘋子。

街角突然旋起一縷　風
揚起一只空的塑料袋
宛如我也風成風的被揚　飛。
在街的頂空，巧遇超音之物
穿入烏雲，有些愉悅的　癢。
癢。的是當下。所以
玫瑰生有刺是正確的。所以
凡　空間均有　刺。

二〇一五年七月三日，聯副。

卷二

等待未死的等待

（三十首）

風景瘋了

風景瘋了。

是支支吾吾的進入
有紅花所構成的笑意與結語
暴烈的陽光為至尊至福的主義
一切裝飾與假髮均是廢墟上的
奴性與哀怨。以及
擱淺的自己。之後

我定止袖裡的乾坤誰解
之後
瘋在門裡門外的風景瘋著
兀自　上升，成　飛
之後

開花。之後
喊疼的　是
天空。

並非結局

扭緊世界生命運行的螺絲
靜謐在香甜的滿溢中　發酵
內外梭巡的手勢荒謬在方圓內外
燃燒出喜見的隙縫
怔忡間擄擒已知之未知
與
腫脹黏溼的話語　閃入閃出
尚未結痂的傷口
暗舐半眠而未眠的
一窗由紅轉紫的舌事劇碼
或
勃勃振翅晨光的

凝

視。

子非魚·汝也非魚

久經精雕細琢　之後
角色扮演追逐與被追逐的
正反切換的場景
均是　你自己。

終了。
你依然是在鏡中尋覓
走進走出的

那個追逐與被追逐的

魚
與
非

魚。

鏡之體

因為所以但是之故

風因肢而　風。雨因肢而　雨
所以生自生處　生。
　死自死處　死。
但是　既要觸及　黑白。
　也要觸及　正反。
恁誰也無法規避這日夜
凝視的一面

鏡體。因
因為所以但是之故
典範乃在所及的

之
花。
之
果。

看見

凝望著走出自己的背影
浮現面前的是四面八方潮湧而來
之　黑壓壓的千萬隻晶亮的
眼睛匯聚為　海。

而在風雨有無中
一排排洶湧而來的波浪
都頂著雪白的浪花
猛張著小嘴嘶喊：

—死人呵！快來救我！

驟然　一陣刺疼　之後
驚見縮回自體的自己
木然矗立在岸上

看見
凝望著走出自己的
背影。

島．時間之貌

時間的軀內盡數敞開詞彙之窗
紅花與綠葉均在凝視
荒謬的是感官已被形化為隱性的
輕、重、稠、密的姿影。且
巧計為真假的可見與可不見
結盟為黑的賦予

「這裡有毒，可蝕骨！」

紅花與綠葉這等的
唱著。且哭且笑的

唱著

且　哭且笑的
唱著
紅花
與
綠葉。

暗喻與人的糾葛

風　歇了。雨　止了。
那表白在遠方的手勢，是
天空弔詭的沉默。其實
我已把形容詞和動詞變了位格
這就是貼近現存在的狂喜或苦痛的

方式。
而由猿開始的文本之惑中
答案已非依我為第一人稱回答：
對或者錯。

哈哈！

終極　語言的肌理也許成為
一種不分輕重的或美或醜的
餽贈。

餽贈
那表白在　遠方的
手勢。是
天空
弔詭的
沉
默。

岸

為了不停的挖掘
深深深的在這齣劇目裡
仍未遇見可藏匿的位置

我依然可以行走在街衢之上
親密如常，風為風。雨為雨
答案僅為更遞無盡的日夜
折返的是一聲爆空的嘶吼
之後
是陷溺被整形的纏身之

說：
火光四射的餵養，絕非
春景空間的四肢

之
邏輯。

先知與白癡

把自己空成膠質透明的囊
本可翻滾在空裡翻滾
待所有話語均在飛中逃逸成　飛
高低旋轉均為甜且酸的喜悅
而影子苦辣的吸力過重
無法履行挑戰觀者
因為填充拼圖空白的是
一位無翅的白癡。且
自命不凡的，依然
木立在一面高牆下　傾聽
來自內心深處的
旁白：

先知與白癡一樣，都是一種　夢
與心花怒放的

解放。

糾纏我的一只梨子

我把自體繭囚在一只梨子的體內等待
口器的有情或無情
等待翌日一枚籽實後現代的排出

等待呼之欲出的未死的等待
而其模式顯然仍是
在一陣被風的通緝中
等待　纍果。
為
塵。

我把
自體　囚在

一只
梨子的　體內
等
待。

魚我之我魚

把所有物象抽空的場域
是何其的巨大呵。而
被化約為一個渺小的逗點　是我

感覺
是有條活魚活在我軀內，啃食
我的血肉。凶猛。而

幸福指數，是那頭十肢八翅的
自己，處身一朵蓓蕾之中，受孕
成　詩。成為
石破驚天的　蓮。因
我在草上思考　風
風在樹上思考我在草上思考的
我

與
我們。其實
美學原罪乃完全的透明
如若鮮嫩美味相似的鏡體
看視一條活魚飛出我之軀內，為
消解一切玄祕的情節
使抽空物象的場域，繼續　空著
逍遙。

挑戰素描的自己

反覆的咀嚼自己，撞擊
味蕾的是酸甜苦辣鹹
渲染體內濃淡的靈性與災難。
叵測

存有與夢境正在幽明的交易中
窗外有雲，颺而遠逝
所有的均被釋放為精靈
悉數張著大嘴，齊聲喊出不傳之祕
快感是至高的虛假，與
無藥可救的　假面。與
獨
特的
稱謂：

你。
我。
他。

神諭的舌體·春

剛剛裸露出一絲春意的半舌
在枕邊侷限的出現齒輪的運轉
但窗外樹上的鳥雀吱吱喳喳
催我觀賞日出。

著起昨日的短衫褲
鬆散必修的六千步之必要
無視於面前背後的跫音緩急
蒸餾私我的詞語，儲以活性煙火

如何分享，乃
在莞爾間面壁，兀自無法拒絕
破壁結出一樹苦梨，其
籽實皆為鳥的珍饈，或許

在騷動的夢裡或近或遠的距離
尚能　發芽。而
帥氣、透明，自由的擁抱　自己。

我之樹與樹之我

囚我肉身者為自己的皮囊
假如　枝葉繁茂果實纍纍像棵樹
站在樹下仰望，猶似紅霞滿天。而

那卻是過去給出巨大的骨血
也僅為承載一種傾斜。一種嘲諷
或是　一種抨擊。一種尊貴

言說並未貧乏
進出的門，皆為自我極盡精力的構築
當下　管它消失或隱沒

唯一珍貴者是感覺此刻，是
擁有大量的順遂。以及

活跳的思想不必翻轉自己
昨夜結緣的　夢裡
在千年卵石中，又重逢

今晨再沒有破體而去的慾望
僅平靜於微風細雨中，繾綣自己
獨享浮世的酸腐

與　似空且重的
墜
下。

二〇一三，春．我之路與路之我

是我與自我的曲直，耐人尋味
何以　猶如風中的行道樹
身軀扭擰旋糾成詭辯的上下、左右、前後
是詩性意符的邏輯。孤獨
為我。為路。

為路之我為我之路我。或者
為　我路之我之路。其實
我走在自己的身軀之上。端視乎
為半抽象的　獨行的我與路。
而在時空之內

岩塊與泥土。樹與花鳥。水與陽光和氣味
均可歸宗為我之我與

路
我
之
路的

二〇一三，春天
的
什麼。?!

意味深長的火

火焰在內裡狂燃
我卻走向面對
這就是我之科學的一種言說

所以
視境內的圖景好美呵
有青山。有綠水。我也步上了如虹的橋而為了接近，溝通與敬重
乃 加添一些喜悅的躍動
其實 無法抵達的
還是 某個閃光的端點

所以
街體之上 竟是些空了的
衣褲 忙碌的、曠日耗月的

哭著。或者，笑著。

所以
衝突和緊繃的　終了
均在詞與物中消解　為
斷句。

之後的之後。因
我　已　走　向　面　對。

夏之午寐之魅

有風　掠過我被囚的窗外
我之軀卻正向四向之海，展開翅的飛翔
以文字表述俯看軟體建築動物
使視覺超我的大笑不止。

也許。不錯！

最高妙的是千手陽光
已發現被囚在窗內之我，淚流滿面
的
自己橫斷面進入一個
活靈活現
的
思想時刻

的
界外
的

異形的一株外星物種
且　閃著電光的雙目
細讀　一張床
的

潔白。

時間之惑

有一頭花豹
轉動著　炯炯發光的雙眸
這就是藏伏在內的一切的來龍去脈
連疊成現存在之我與街景
所有亮燦其上的均有　翅
使故事在網路上衍生為故事

上車。下車
誰也沒有脫離主題
可以界說的就是這些了
此刻我正步行在街景中

唔
是　有一頭花豹

炯炯閃動著
一雙
懾人的　雙眸。

後魚時期

是縱向的龐然之黑　壓過來
樹卻張開嘴巴咆哮
噢　原本大地的嘴巴就是　樹

大困惑，在心靈。在天地。在四向
字詞一無所有。情節在黑中
覓見自供白之錯位的角色
椎心、趨近、介入、興味不滅
不出其右，也要出其之左
噢

左也是右。

右
也
是其
左。

與氣同在

詩性的我們都是晨間的樹、花、草
晶亮的托起灰暗的大地
極端優雅的是夢的幼芽
在二大爺的二畝田裡
哭成風，哭成雨。哭成下午之茶
是掙扎援用的一朵黑雲
名字叫做：不在之在的在
是夢。生命。死亡。
或一隻彈著琴弦的手

或春天之後，黑與白的對話
所以　我們是夢
和
夢中
夢見

的夢。

物的後設

推窗　遠眺
不談山。不論水
這該是經過反觀
又回到自身。
之後

我　看見了另個
自己，而
佇立在
還算是穿戴齊整的
時空的
外邊。

外邊　是

成千上萬的腦袋與手
等待彩繪的
一顆豐碩發光的
蘋果。

門與窗的超現實

被解讀的　是你
也是　我。

舞台上
有棵開花的　樹
這是你未曾扮演過的
角色。因
劇情需要，你說在芬多精的舒張下
為你我進食時刻。

我未語。因
掌聲如雷，且
不斷響起。是以
邏輯為明日之明日的

嬰啼竟可　破壁。而
成為
門和窗。

一只被素描的梨子

我是一種無法界定的出與入
動因為千萬隻瞳眸之閃光
閃光　乃
面對那樹盛綻的白花
迅而奔行　為
滿樹豐滿睿智的梨子。

為了愉悅的遊戲賡續
繁殖左右皆美的版本
其實，距離均在伸手之間

是以
我之肉身遍設出入的通道
解放所有枝葉

之
解放。是以
滿園春色，萬柴千紅。是以
駭人的制高點，是
買。或賣
一把
或
實。或
虛。的　椅子。

在場的直覺

在肉身之內我展讀大河成為句號
綢質的河面依然唱著自己的歌
野聲野調的永不止息

我由淡水擺渡到觀音*山下
立在岸上
船與河組裝成我之軀
在有風有雨有花有蝶的咀嚼中
與之嬉戲。所以

立在岸上
左右在擺渡。上下在擺渡。前後在擺渡
擺渡在樹與樹、山與山之間
在這裡一切均是入住者。所以

我就是船與河。所以

所以

我。是，我。

註：淡水小鎮的左岸。

這裡的咖啡可續杯

縱情的口腔猶若街衢
失禁的是本真恣肆的吞食
符碼在自言自語的魔咒中穿梭
其結構乃以一幅概括文本的插畫
自述

黑白。——
這裡的咖啡可續杯。因為
我們均以陽光饋贈自己。以及
樹的繁茂。人的榮耀。均在
風的步履中　形成
法則。因為
疏密、正反、憂喜，均可
立判。更可

混生為夢的風味。是以
這裡的咖啡可續杯。

我·小人物一日誌

我攜伴著我度過今日之我
繁複且單一的今日之我攜伴著我
度過今日文本的　我。

紅燈、斑馬線與我
直抵　蒙太奇的風與景呵
此刻　我正身處沒有獨白的對話中
而完成對話中之我的獨白之我
輕重自知的
進入

晚餐。而後
在文本單一的絕對中
繁複床的現代與後現代之姿

窮盡思量
撥開雲霧。架設
使想像巨大無匹的悲和喜
籌謀
翌日
之
我。

我的心中有個我

活　是活著。門窗　緊閉
他　說是住在我內裡的那個　我。

我為了融入景物，貼近美的距離
從未預設由A至B或C的遠行

每次雖然我與內裡的　我
均處身在美景中
為了排遣悲喜和尊卑，面對
紅花綠葉，青山綠水
我均無法邀約那位住在我內裡的　我

因
他是忙碌的鑽研調配基因，日夜

產卵。想
等待孵化出一個生翅的　我

末了。我總算了悟了
恁誰也無法走出內裡住著的
那個　我。

在西門鬧區解構美

我正企需空間飛過　一隻
白鳥，翔入方天一角　之後
漠然為遠方一縷山嵐，升起
為　雲。成就霞彩的初始
使空間距離融入街衢盡處
構成陳述合體的磁場，共生
愛戀引力，湧動在彼此間
萌生美的個體，自鋼骨
混凝土石中走出些許香味
與之相擁。之後
昂首在喜悅中直抵巔端
柔似微風，顯映夢的燦然
且　聚焦而定影
為　萬紫千紅的　街景。

若魚　游在其中。
使空間距離融入街衢盡處
構成陳述合體的磁場　共生
愛戀引力，湧動彼此間

且
自
鋼骨混凝土石中
走出些許　香味。

因為虹的誕生

釋然無解的是自己
其實，你和我一樣　無解
而歸究根柢在無處可遁的忍耐中
耐心的等待，重新拼湊。

拼湊成山是山、水是水的活力
走出虛假與抽象
高度為面對一枚杯墊的感悟
位置適切，遠離顫慄

在生之文明的典雅時刻
急切的扭動漸次舒張
色澤愉悅的由淡轉濃
為　炫麗。

最終
在山與水血脈忠誠的傳承裡
總算，對應了天使的夢境
虹，就是這等誕生的。

等待未死的等待

在可見之我中的不可見之我
距離乃前後言語的隙縫　的
明
與
暗。的
摺
與
疊。的
之間。的
前後、上下、左右。的
內外。

唔
不可見在可見的可見中　的

不死。的
敞開自己的　夢的
重複。的
1與〇。的
不動若　飛。的
⋯⋯⋯

（等待未死的等待三十首．終。）

卷三

懸絲人的傳奇

懸絲偶人的故事

最終
在關心與在意的
抵達不可婉拒的　空

突然
操作懸絲的人，遁而不見了。而
當下的情節不是降格，而是　提升

「喂，我在這裡吶！」

唔
所有層疊的故事與私密，均在逸離
而時空交互在框架內外探索
扁平與立體的旅程臉譜

其實
那操作懸絲的人，已由懸絲
滑進了，偶人的體內。

這件事
我早就知道。其實
你　也知道。——
但是，我可什麼都沒說。

二〇一三年八月二十三日，人間副刊。

蛾的誕生

糾纏
是雅好鮮紅滑嫩的我
無法擺脫自己的皮和肉

濤聲突由四面白牆間襲來
我　已異變為寢間的一株　樹
枝葉濃密的裸身在床第之上

脫胎離形，換骨去體的
生
翅。

飛翔。

無奈

翌日，晨間
警覺自己仍以蒙太奇的
跳接手法，剪接自己　走出
劇情的終幕。而
漫步在公園的林蔭　幽徑中。

二〇一三年十月一日，聯副。

頃刻可解的故事

曠野裡兀立著一棵意象之樹
以春秋做音符交媾風暴的田畝
在金烏西墜的光影裡
你瞪著喜極而含淚的黑瞳
把放盪屋外的月光收進心網
直挺腰身的我來至寢間
一棵滿樹紅紅的果實枝葉繁茂
在頃刻可解中
是你我之後之後的鼾聲
與屋外月光的夜
記述四掌擎起的
一杯名揚天下的珍珠奶茶

誰說不是

頃刻可解的一則　故事
（你我都明白。——
啥事？——）

二〇一五年七月，銀光副刊。

生之緣由

關於，風景肌理盛衰的原由
介面在兩個維度之內
是　真假、黑白、正反、進出的
模糊反復的拆解約由美醜
轉換，把自己汙染成盜版的哭與笑
這時，我們就一定挖空心思
重新為它與靈魂合一的
合理化的　命名：

我想
這都是二氧化碳惹的禍。我們
誰也沒有　逃遁。
是以
寫實主義的巴爾札克
伸出虛實相輔

雙手
擁抱時空，運筆如飛的
釋放　自己。

二〇一三年十二月，幼獅文藝月刊。

現代美學

在畫面與語言之外
獨坐松下，除了沈思，還有什麼

唔

無聲反芻咒罵自己　或
把語詞懸盪在空裡
世界已由美中佯裝　美。
這等互為侵入的日夜
攸關反諷生死的關卡。而

辯論優劣遮天蓋地的洶湧著
患有詩屬的沈疴
誰也無法低估這廝魑魅
從天使至惡魔的黑袍老人

說了也無妨
我已是物化了的 我。
你 也是。均為低頭了的
族類。

二〇一三年十二月，幼獅文藝。

在一句想飛的詩句中

這不是迷陣。
某日，走在街衢之上
無意間動念默數邁出的步數
有時清醒。有時漫漶不清
走街串巷之後，想　飛。因
遠方視境中乃一無邊的荒野
迷濛的遠方孤立著一棵　樹
我獨立於荒丘之上
竟也樹之系譜般的與之對望。——
傳通簡訊吧！互道祝福——
唔　因追索儲存已久的慾望呵！想　飛
這般如臨盆的孕婦的臃腫。
是夜，月光下。有　夢。與
詩意浮盪的　嬰啼。而

執念輻射橫豎無限四散的
隱喻為　飛。

二〇一三年八月二十三日，人間副刊。

一種傳遞的反思

回答持續探索在看視中
巨大的手掌伸入我之肉身
廝殺字與字佔據鮮活的血肉
使視線專注盯視不再抽離
我與之擁而眠之書寫在
可能會斷氣的　或者歌唱的
吞噬　擁壓　輕敲　慢擊
詮釋見解一樣的

美。之後
是疏通人文的花綻與萎落
橫縱見容於含糊模稜的
不清與兩可。之後

了了。之後
這個不怎麼圓的
五彩的球。依然空懸的　空懸著
不停的　旋著
轉

已發表作品。

一切均在進出的情節中相遇

英雄非我。我非英雄
因　從橫斷面的我之肉身觀視
時間是分有翅與無翅的兩種生物
豢養著。

這是悲喜缺無的場域
基質該為出來與進入的事
所有歸宗與定解均在自己
是道開關無形之　門。所以
一切均在進出的情節中相遇。

因　那固著於我的
是無翅的肉身。此刻
我正把自己的想像
形化

為　一隻飛　鳥。
俯瞰大地之形為妙境
捕捉　詩意。
開放　自己。

已發表作品。

夜是火的妻子

肥大的時間之　獸，當場
吞食了瘦小的空間。
我卻在電火石光的時間裡
肥大了我之　空間。

哦
再大，也僅不過是老妻印在心中的
一個深深的足印。因
門裡門外均設有出口和入口。

時刻，可由對方眼瞳進出的你我
也輸也贏的相守著必然與偶然
在現實與虛無中注入厚薄。因
太陽、月亮的　光

從未揭穿醒來之後你我曾被反轉的一切
是以，清茶一杯
活著
昂首　看雲。

二〇一三年八月二十三日，人間副刊。

一株激情的豬籠草

我不願冥目在現實樣相的夢境裡
因為
我要遠遠的站在外邊，探討本我的
向度，在肯定與否定之間的閃現
為　我之　看見。

看見
一株基質嬌媚絕美的　我之
噬食意象字詞的豬籠草
之後
我身處在　我的外邊。為　我
之　我的

看見。

二〇一三年十一月十三日，銀光副刊。

瞥目之視江東已無父老

有人在冰原之上燃點非火之　火
瞥見自身原生狀貌。是
鼠或者是　人。

也許，這是深幽的窄巷
挖掘半鏟就是岩層
企及正視夢境中繽紛景色
機要是自動走上表達至上的階梯
才可加諸於感覺無顏的腦袋昂起

無奈，嘔出的是歸程。而
聚焦後賦予為一段枯木倒影
靜待抽枝發葉。且

荒謬枉顧血肉日月
穿戴人之青衫與鞋帽，依為
鼠人。或
人鼠。

二〇一三年十一月十三日，銀光副刊。

孤獨如我者——給五君子加一

我之孤獨若花綻　與
字詞的靈魂　在歌唱

一彈指　春轉身，便誕生了
一串　鳥的啁啾。有花有草
更有　魚與我。因為
均為賣弄自命不凡的
由灰燼中，走出虛無。而
步入空無享受極端高檔次的

孤獨。
其實形上的一切是逼促自己
離開廳堂去至華燈萬千的

夜市。
聽　人聲。看　魚游。
唔　孤獨如我者，乃
鳥之飛翔　逍遙。

註：五君子乃詩人隱地、向明、丁文智、魯蛟、朵思與加一之我。
吾等輪流每月某日飧敘一次也。

超越滿足的體驗

展開多向度邊角　擭取
馴服表述的一個鮮有的　詞
超越滿足的體驗
旗開得勝　傳頌萬代
咀嚼千年香甜不減

不滅
本是原初的一種傳說
口吐蓮花與魔咒。漫天焰火
日夜彩雲紛飛，笙簧齊鳴
撫慰祖輩在自己之外覓見
另個　自己。

名喚「現在」。而
「現在」的皮殼是「時空」。

此刻，我們均走在路上
急與緩的面向前方
依然　是
咬牙。忍疼。

發表於文訊，銀光副刊。

也許是笛卡兒惹的禍

風　破壞了夜所指引的大地
天空　是月明星稀統轄的天空
他　兀自主客合體的自稱為
鬼才。
旋風自街角旋起
哭與笑的橫豎而至，且均為
神經脈衝惹的禍，而非自然
樹說：
我們早就站在這裡了。
而非過身
木棉花盛開在樹梢
萎落的花朵因雨墜在路上
仰臉祈禱。夜燈如畫

樹說：
過身何必此等　熱鬧
這也許是笛卡兒惹的
禍。

二〇一六年四月，銀光副刊。

助動詞僅是時空的外衣

納入一絲空氣才是唯一
真空之境只有毀滅與消亡

助動詞只是時空的外衣
群樹招搖在廢墟之上
這與無趣的宏旨無關
慶典在百科全書中維護有無

爹娘都走過去了
風雨同行在諷刺與莊嚴中
花的綻放與枯萎，歡笑與神傷
均為無常來去的過客
充當幕啟時的布景而已

爹娘都走過去了
各自哭、笑的臉譜全都貼在路上
無限了抽象的南北東西
更精妙的完成了一次空前的
血肉板塊的解與構。

發表於文訊，銀光副刊。

春景在量度我們凹陷的時空

無所不在的敬仰裁決善與惡
突破　空。而

由　羅丹的一尊雕像想起
沉思者　唇之迷光來自
春景量度我們凹陷的時空中

乍然
群體顏容暗沉
卻　有人獨步高聳的梯階
仰望　舒展綢質的星空
此刻

我們已甦醒為玉之髓
燃點詞語　燒烤自己

述說　火與夜的故事
對應折疊與排序
之後
大啖　一飧燒烤的
自己。

發表於文訊，銀光副刊。

你乃飛行在心中的火焰——弔至友辛鬱

在繆斯左右的一脈清流　是你
與之方圓六十載，你我均為風景的奴僕
天為你之鏡，意象的經緯
從未停息。霍霍地
彷走在天鼓之中
火一般的一伙人為詩途鑿河造山去。

如今，你之同溫層、豹、與順興茶館
早已攻至頂峰，而
心中以血肉餵養的那方頑石
也已默然的光芒四射。而
在天地間蛻為動的四向之　蛹
伸手即握成了東南西北，在
界內界外均為你的深淺黑白。

開啟門窗猶見有蝶，翩翩
管它什麼雲端無形的互聯網做啥
你已為後進提燈照路了。

今後
願你化為一尾自由自在之　魚
每夢均穿行在我心中烙印之
思念的航道中面會！

至友，安息吧！

已發表作品。

時間之貌

光鮮亮麗　走過去的是時間
留下記憶猶新的空間之我。

我
卻迷醉在鐘擺的擺動中。

而
達利曾把人體鑿出許多抽屜
把私密的自己化為窺伺的眼睛

而
接近我的　夢。
把門開啟或是無止盡的旋轉著
劇情在進出中　分枝放葉
悲喜均在不見的逗點或句號內

醒來。或
再次，入　夢。

唔
白癡已先於未知而誕生。所以
無須驚慌。因為
空氣，依然　無限甜蜜。

二〇一三年十二月四日，華副。

請勿回答苦澀中的所有支點

誘發的主因　是
多向度想像的　鳥與樹
因　我已為你空出所有的留白。

因　噬食我的是漆黑的夜體
其細節可任君拆解或重組
之後

白癡與先知，已分曉。所以
請勿回答苦澀中的所有支點
因　我已返身進入你的

風景。繁殖

愛與陽光。

二〇一五年十月二十八日，自由副刊。

我之體龐大了起來

突然
我之體龐大了起來
因為　夜把我吞食

「非也。」

是我把自己融化為　夜
並轉化為自然物種
的
沉默權利的再生
的
終極醒來
的

光。彩色多汁

的

光。

二〇一五年十月二十八日，自由副刊。

無須藏匿與遁形

虛無是敞開的未知
未知是　或進或出的實存
實存是　無法抗拒的給出：

動、靜、美、醜。
均可　受寵。
因　來去僅此瞬間，恍若一生
——最佳之法，是
先請冷靜三秒鐘。——

否則
只有自首。因
鏡裡鏡外，均為自己闖的
禍。因　其形影
皆為字詞翻轉的破滅

俳句？——
什麼句也無法阻撓
山水均入目。否、否、否
牆已斷、梯已倒。
汝已成為一尾
無水之　魚。

啊　魚啊！所以
請冷靜三秒鐘。——
無須　遁形。無須　藏匿。因
鏡可如水。水可如鏡。因
均為　光的緣故。

二〇一五年十二月十八日，福報副刊。

人本之演出

野台上
一朵飄浮的　雲
不斷的在空中扮演
跳接與移位的角色
像是在逃避什麼魔症。而
它咕噥的重複的述說：

「這該是你的事！」
或者　改口敘述：
「那是另一碼相映內在的情境！

廣告詞似的，不需思考
均為攬鏡自照的停格
人本畫面而已。

結果，是所謂
一朵朵綻放與萎落的
艷麗絕倫的
自尊。

二〇一六年六月九日，華副。

秋贈

拆開以雲包裝的錦匣
是一枚上升的
月亮。

已發表作品。

2008秋作品

詩人與瘋子的介面

夕暮隨性小歇於時間的肩部
欲求通往心室得跨欄超越
奈何落身興味未減中
培養噴出的那個噎，挑亮
音律照明，追捕
廊內消失的步履。

張開
血紅腔道　造作一種
無聲之吶喊
成為　動詞激流翻滾的
切入　雲。且由天外　遞接
誕生正反俱足的　叱嘯……

「我・無・罪。」之後

迅而抽身鏡外
因鏡面反轉即是萬丈深淵，再去一步
謊言與騙局就位　美。
美　已合成為淡入四野的
花香。且為
眾人充饑。

二〇一五年，夏季創世紀詩刊。

生物空間

風險是面對的空間在我之呼吸中
無限縮小或膨脹
像夜轉動的無數之獸眼
浸淫在我之肉身四週看視著

翌日，我依是走出蟬蛻的主動，走出
樹之年輪。魚之鰓鰭。蟲之腔體
鳥之翅翼。以及
花之蕊。草之根。葉之脈。之後
支配我之存有。

悠遊字與字之遇合的
動念起心在行、住、坐、臥裡
縮小　或
膨脹。所以

我仍屹立在溼黏的現實存有中
空間之內。面對酷夏晨間
嘶吼的　蟬之鳴：知了！知了！——
無法抗拒，且接納的
彩色荷香的空間。

二〇一四年，華副。

視覺生活

場景是無邊遼闊的流轉不息的時空
赤裸的寢間赤裸的　我
這是一幅風景的　畫

如果
全視境地望過去
朦朧的遠方有棵　樹
啊　視覺中，它忽上忽下，忽左忽右地
飄浮著。飄浮

然而
這日，當我走出巷口買早點
迎面相遇的不是昨日鄰家的胖丫
而是巷尾早起運動的老胡頭

於是
我的一首詩就此意象俱足地定稿了。
而視覺中頓悟的結論　是
赤裸的寢間赤裸的　我
就是一幅風景　畫。

二〇一四年五月二十六日，自由副刊。

卷四

裸體空間

裸體空間——空間之我與我之空間

在芬芳顫動空間
反身回望
咀嚼著向春天借來軀體
被花朵剝奪的晨間的公園內
機密被識破，那是一棵杜鵑
使無法控制的自己破繭而出

唔
陽光下，有隻粉蝶在翩飛。而
我　早已是透明的化為　光。
化為　光之無限抵抗的
光。
啊，我立身在空間之外

頓然，恒定的發現
「怎麼？」
我正
睡意人文的裸在床上。

已發表作品。

法蘭茲．卡夫卡是誰——焚祭逝世九十周年的卡夫卡

卡夫卡是一條綠色的大毛蟲
伊 可做繭成 蛹。而後
破繭成 蝶。

卡夫卡
是夜晚一隻火眼金睛瘦黑的
貓。隱伏在牆角 窺伺
時空的 蛻變。瞬間
消失成 夜。

所以
卡夫卡是飛可翔，且
步行的 一隻
腿腳細長的 蚊蚋

伊僅止於吸吮自己的　血。
因為，伊很寂寞。——

所以
我說：卡夫卡就是卡夫卡。
獨一無二的卡夫卡。——

卡夫卡是人間的鄉愁。是
慶典夜晚燃放的　一場
璀璨的　煙火。而
把頭臉印在夜空　一閃而過。

二〇一四年八月十五日，福報副刊。

詹明信與喬哀思

無以名之　低頭時尚族
在族史之外的天地間
追求從無至有　迷幻的喜悅
呼吸在奇思妙想中。所以

音響是音響的　語言
言語也就是響音的響音
的空間在呈示方形的面積無限
一株仙人掌般生滿刺身自我的
展示　在每個角度的角落裡
說明　呈現孤獨的親歷感。
虛無的依是四週的景象
而擁有錦衣玉食的是再生的拼湊

明日新款上市　今晚必做星星
限量的這款為※※火星二號
買到者全身紅白血球都在跳著舞動
沒買到的只有依然　是低頭滑著

詹明信與喬哀思了！
唔　因吾非　魚。

已發表作品。

鏡象之夜

一匣蜜汁似的符號在蜜汁的空間裡
抽象繽紛在分析與敘述
春是花綻前一種恐懼的香甜
在量度內外測臆瓶之暖度與濕滑

對望以晶亮凝視的　夜
肉肢反饋予唯一的迎送
如一窗靜謐的湖水等待微風
騷亂美的暈眩，蒸餾為二而一
迸射滿樹紅花釋放四野呻吟的香味
而成　必然。使四目燦為
魚
游的　銀河。指涉
敞亮空間的幕啟幕落

在淚一般穿梭任督的穴口
看見

四目互視中振翅的
一雙化學經歷的　貓獸之
舌。狂噬
風味為　魚的結構夜的裸肢雲霧的

點、線、面

已發表作品。

風景

彩繪攙和奈米的哀愁　最美
智性的縮小幅度　以心收納。

肉身醒在冥默的均衡中
狀態因糾葛設色腥膻的　形構。

繽紛以自戀悸動闡述暈染
一季瓷性的
春櫻。所以
這裡沒有上下或左右。

無需再有風塵僕僕了
我僅龐然的浪跡為　揭示
煦風拂過水面調劑空間的　光
使張王李趙共營方圓。驅邪　避難。

角色
在劇情　的乏味中
活起來。就是

你我的　風景。

終極　形上形下的結語：
這裡什麼也沒有，只有
夢與記憶的真誠和清醒。

出與入
成為　光的物種。自動
遞解　自己。一路燃點
前　後　左　右，璀燦降生的

什麼?!，。

已發表作品。

在等同於被噬為花的驅動中

在等同於被噬為花的驅動中
顯現豔彩繽紛的極限
美　以至尊之姿超越為　光

對抗疏離的乃梅蘭竹菊
一種凝視的引力　主因
為喜悅不能自已的繁殖謬愛

兀自　雲影游移轉折
面對物化之面對　誘因
一股悲涼，直覺生發了癲狂

唔
吾有隻眼全盲
視無全境平衡，更無力驅其深陷之虛空

其實　說白了
皆為抹去愛恨的形式
遮掩半邊窗口。　可又奈何

其實　說白了
皆為　迷戀自轉的
主動與被動的問與答。而

在等同於被噬為花的驅動中
乃滿山綻放豔豔的杜鵑
昂首　張開萬千小嘴，卻仍

吶喊
無聲！

發表於銀光副刊。

緘默在清醒中納入美

我之 我，以想像與感受看見
私密的能量為一朵盛綻的紅花
領域在一庭孵岩愛的香味裡
而

全部之魂靈攜伴著山和水的
美景，在唱遊中
自由的以風的引擎縛著內外的措詞
空間垂直了。而
而時間是以正反合的手，組裝一冊
怪獸。
所以我自我之體出走。進入街衢
尋覓
一位 為我剪影的藝人

之後　隱匿
或

二〇一三年十二月，幼獅文藝月刊。

讀夢與夢讀——記我左眼　失明的感覺

我陶醉在每一句的句號裡
因　句號內是自囿之美醜的　我
揉雜著一些吃食的遊戲

再翻一頁
與其說是面對灰色森林的高樓
不如說是花、草、鳥、獸與人的
黑洞。
樓內居住了一位心靈恣肆的儒老
他進出均怡靜的如魚游在水中
是夜，他以涅槃的形式而生出雙翅
飛來。
我剛剛闔冊入夢。乍然
驚見生翅人，一把

抓起句號裡自囿美醜的　我
振翅而去。——

醒來時，獨留下只剩
一隻　獨目之我，兀立在
另一頁的句號之外
依然是痴望著樓的頂端
一角方天。也許
是等待已盲之目

發芽。抽葉。開花。

已發表作品。

遺忘

回眸是穿透身後奔來的經驗

也許
前進的方向，仍為漆黑一片
其實，我們都在找尋自己
春的極限在肉身之內
因為　燃亮著
獨白在沉默中獨白
赤裸春和你我的原貌
世界就在燈火中　誕生

也許
讓思念在弔詭中呢喃，蓄聚思念
那　那間海岸上的小木屋。距離長而寬廣

你　卻說：近如呼吸。是
有段緩坡，陽光和晶亮的雨

雨絲遮掩的是　經驗。
活著。都在回眸中　活著
成為赤裸的春和你我的原貌
世界　液質的，曲一般的在燈火中

唔　怎麼，還不來？
總愛旋起來的那股小小的　旋　風

其實，我們都在找尋自己
因為　燈亮著

回眸是穿透身後奔來的經驗。
經驗是一季五官四肢俱在的春天。

已發表作品。

渡口·現在式

讀至漆黑的質感逼近
凍結成夜的，當為形式與內容
在我曠野的肌膚上
卻旋起一陣陣微微的　風

左右昏睡在靜默的敬畏裡
肉體中，接近動物的是高音
如果　空間足夠
紅色的日出已誕生

一日，黑壓壓的人群
把分解後隔行的文字，在言說中異變
張開偉大的嘴巴，哭喊在狂喜中
與之慶典混淆。進食晚餐

骨肉的樣貌在無邊的四野浮現
因判死刑的是　河
此刻勾勒在心中的
均為　或活或死的過客

自從沙特走了之後
氧的原初，乃你我的赤裸
止痛劑絕非自我彫成入夢的渡口
因頻見月下鬼神膨脹的狂舞　仿火

如果　空間足夠
學習雲的樣子。不，是學習　魚
浮游在高樓琴音中，隱沒
遁入獸的層級

之後
生死僅是方向的轉義

一切藏匿眼中深黑發亮的深深處
左右，也非全心全意的左右

之後
暗示不可言說的超然
我們面對「他者」之外的看見
看見不是籓籬的籓籬

瘋狂的問題，不是不可化約
此生難忍的就是面對真實景物
蚊蠅不侵與爭吵不休的
一堆影子存有的感受

或許為詼諧與戲謔的後設
渡口上，喜見佩帶紅花的男男女女
昂首在啟航之前
身心頓悟。在不知不覺中

身心頓悟

已發表作品。

夢與櫻的位格

櫻花正在盛開
滿樹的　水紅。

自身佇立在一齣美艷的
空間。而於心靈舞台之上
結構已然。已然成形
之後

光線絕妙的書案左角
實存的寂寥已不再
其位已序列為賦予的接納
轉換為新的虛幻存在之　櫻。

我千萬隻眼瞳　在飛翔
如紛紛萎落的花瓣，覆滿頭身

而　我正在我櫻或櫻我的步入行人
無須再以超現實之　超。與
無須再以後現代之　後。因

我已
成為　大紅色塊佔據一隅公園
晤　前景瞬時消瀰。因
反轉之我已端坐在書案之前
入夢
出夢的。滿面笑容的
已成為街景中，我中之櫻　與
櫻中之我的　行人。
出夢。入夢。與

夢出。或　夢入。

已發表作品。

超二元對立熱淚醞釀的一元

晨間溫和的構成我和樹
在現實而非想像的場景中
樹非我。我也非　樹。
為何

那棵曾在我心中存活著
至今在象徵與想像的時空之內
我即　樹。樹也即　我。

唔
這歸宗均是光與彩色惹出來的
無法再去牽引的視覺，且
習以為常的彩色魔幻的效果美學
因　我樹之我與樹我之我，距離最短

乃　剎時握在一起的　手。
是以，超二元對立熱淚餾釀的：
是酒。為血系的肉譜。
我想：
也應該歸類為
春天過後之
蜜
糖。

已發表作品。

以蒙太奇方式展演我與楓之角色

我以蒙太奇方式遞解我與楓
發想距離為歷久摘述的一瞬
搖身溶入面對的那棵　楓
我　已是那棵楓了。所以

風景轉體風景的剎那　侵佔
坐在椅上的不是我，而是
楓的首尾　主客完成角色的
詩性倒置於幕間的暗場。迅而
界定質素激狂　結構
喜悅而非假面。豐碩雙睛
炯炯有神的
坐在椅上。

依然
是我形構武斷主宰
亦主亦客的
自己。
文相武將的　演出。

已發表作品。

在世界幸福之銜咬中無言以對

披一襲想像感性色彩的外衣
公園與我漫步於晨間
以千眼萬眼向世界發動想像情境
的景色滲透我與公園甜蜜質素的
掌控我宛如面前的一株　杉。
回神　那怕是片刻忘我於互相融入
此刻　我已與之並置的
且於世界幸福之銜咬中無言以對
悠然主客放任自由解放的擴衍
而　還原看見

杉我之　杉。與
我杉之　我。
漫步的　在。在

公園　與
我之
左右。

二〇一三年，創世紀詩刊一七七期。

卷五

絕非布偶

A的方程式

著　火。是
薔薇的　鑰匙
開　花。

開　花。
是怕鑰匙的　薔薇
著　火。

所以
A方是　我。
程式是　你

絕對
沒有　他。所以

（原作・發表於創世紀詩刊。）

所以
著火與開花
統統繳給
鑰匙 與
鎖。或者 是
鎖
與
鑰匙。

二〇一七年四月二日，晨．燈下。
更改原作尚未發表。

絶非布偶

無需
催化與褒貶
為花。為葉

我
即是 我。絶非
你或他的 我。

因為
我之時空內外 沒有缺無
那 拖引著我的
乃 穿透等待命名的
實存的 面對。

（原作・發表於創世紀詩刊。）

二〇一七年四月二日，晨・燈下。
更改原作尚未發表。

附錄

生命物象的敘事美學

——墨韻論碧果短詩一首〈人形美學〉

墨韻

在詩歌當中，帶著小說和戲劇入詩的作品，與一般的詩歌敘事、或單純的鋪敘情節不同。詩人常因個人的生活、寫作喜好，以及慣於寫作的文體，而使得詩歌創作有了新的敘事層面。就以詩人碧果為例，來說明詩人如何以戲劇的筆法，在詩中表現生命敘事感。以及詩歌體物抒情的美學。

「人形美學」由人的外形外相相觸及了生命的本質。而這些外形外象又由觀照外物而內化為「物的生命」「我」的生命。人本是萬物中最靈動的感光體，如花如樹如果如葉之投影化身，是瞬間萬化的活動光體。

現在我們來看詩人如何以人與物之間的生命對照、互融、角色扮演、對話，在敘事結構觀點的變化中，如鏡如光，投影交疊。如風動葉，吹開了一片詩歌的沈思遐想。

在詩歌篇幅有限的方寸之地，詩人究竟如何海涵這些生命之情呢？

如鏡之詩——以「人形美學」為例：

人形美學

與我共謀
共謀我與我之孤獨
為瓷質亮白的一樹杏花
騷然　東牆
此刻正折磨已成魔性的晨光

美在無法遁形的美裡
我唱了兩句野曲
而　唱腔折返
一種感覺　醒了

唔
或許，就是這樣了
一條　未蛹　未蝶的直立的

乃
芽、
根、
莖、
花、
果的，
乃　好色乃焦慮乃瘋狂乃純真乃謙遜
乃　癲癇　乃自大乃艾怨乃淡漠乃膚淺乃
拜神乃可笑的
乃　滴淚的
乃　光體的
直立的
活著的
活的　自己。與

不必：

二〇〇八年夏季作品

〈人形美學〉這首詩有許多鏡光倒影，共謀當然是兩面的，我與我之孤獨是鏡中鏡，亮白的杏花束牆與晨光是騷然魔鏡。此段鏡影似光束，投影出視覺的亮白。

而「美」與「無法遁形的美」是互照的鏡子；「兩句野曲」，「唱腔折返」是聽覺的鏡子。惟有「耳鏡」具有重重包圍感，因此能在無所遁逃的回音壁中「醒了」。

然而鏡光是立體的，有變形可折射的。於是能容各種生命形相通過，在生命之先，在生命之後，在形形色色之前，在形形色色之後。未蛹、未蝶、在夢幻倒影之前、在具體實相之中，是矗立的樹影，是芽、根、莖、花、果、樹的生命表象一部份。「乃好色乃焦慮乃瘋狂乃純真乃謙遜」，「乃癲癇乃自大乃艾怨乃淡漠乃膚淺⋯⋯」都是生命光體的特質與反映。是魔性的晨光、是自己與不必、都是也都不是。

詩人首先將「人形美學」聚焦在具生命特質的生命體上，然後又將鏡頭游移在最具生命感的生命花樹上。在陽光下，顯現著煥然的光體，也散發著與花樹同質的光鮮脆弱；當然也同具有盛衰興滅的更迭的特質。色澤質地如靜物之瓷，折射亮白的光體、生長過程、挺立之美，也隱含易碎易裂易墜的可能。然後鏡頭再回到生命現象的本體的人形，內在包裹著一個同樣千變萬化的情感與性靈的特質，而總歸不外「滴淚的易感」、「光體的虛幻」、直立的「未倒」、活著的「存在感」，人形美學的外象與內在情感不停止的呼應，如光影隨形興滅。

「不必」之後的結構，以冒號回到起始的原點，與我共謀，如鏡鏡之相映無窮之相。建構了虛實相映，起末相連，即起即末的循環相扣聯結。

全詩開展，如底片，如X光，如超音波，音頻如一株樹可觸可感，又難以描摹殆盡。一人獨處的時候，希望透過雙向「成對」關係來印證此時此刻的感受，或者彌補此時此刻的欠缺和不足感。彷彿在底片上觀察過程影像。在形式生活的背後，總希望能活得像自己真正生命。作品表現對實質生命內容的憧憬：

與我共謀
共謀我與我之孤獨
為瓷質亮白的一樹杏花
騷然　東牆
此刻正折磨已成魔性的晨光

齊美爾在論倫布蘭（Rembrandt Harmensz Van Rijn, 1606-1669）（一九一六年）的開篇，在關於「生命的持續性和表現活動」的論述中說：「生命不是依次出現和消失瞬間的總和。」「生命是絕對的持續，在這樣持續中可合成的片斷或部份都已不存在，持續本身就絕對一如，而且是在所有瞬間作為全體以不同形式表現自身的絕對一如」。[1]是的，生命的每一瞬間都是生命全體，生命不間斷的流動，本身是生命所具有的唯一形式，說亮白的一樹杏花也好，說魔性的晨光也好，說唱腔折返，一種感覺醒了也好，是千姿萬態的流動感浮現，視覺、聽覺、感覺。而末段說：

唔
或許，就是這樣了
一條　未蛹、未蝶的
直立的
乃
芽、

---

1 見盧卡奇《物象化》，日初見基著，范景武譯，陳應年校，河北教育出版社，頁55。

根、
莖、
花、
果的。

如果把樹的生長比作生命的話，每刻都看到不同的外形、生命生長章節，即使消失的過程，也是生命的起落構成形式：

乃　好色乃焦慮乃瘋狂乃純真乃謙遜
乃　癲癇　乃自大乃艾怨乃淡漠乃膚淺乃拜神乃可笑的
乃　滴淚的
乃　光體的
直立的
活著的

透過外化的形式，於是內在的心靈乃被呼喚出來，然後，就立刻作客觀的存在，與引

發者處於相同的獨立和自主，而要點仍在

活的　自己。與
不必：

詩末的標點，不僅顯現了生命一連串的外象顯現過程，在結構上回到首段的

與我共謀……。

現實的生命是渾沌的，具有不定的形式，不停留於某些確定的輪廓，但在外於形象，與內於形相之中，總對照了那些存在的種種。

全詩雖以人形為題，但映照了生命的內質生態的流動的過程，以光感，以音聲，以無形無象徵（未蛹未蝶）以有形有象（芽、根、莖、花、果）的紛然之情，歸結於「直立的╲活著的╲與不必：」

在細節的設計上，末段「直立的」與首段「瓷質亮白」的繫聯，先有「東牆」才可有唱腔的折返。而「非花非樹」的光體是笑與淚並存的生命一體兩面的存在。

詩人碧果詩章，常在抒情中展開敘事結構，發展戲劇情節。不但曲賓白、科介俱全，並且人物扮演上場、走位，獨白對話，若一小型獨幕劇。此詩景移物換後竟令觀者不知我為景，抑景為我。走位的杏花、魔性的晨光，野曲唱腔的音效，共對照「花之騷然」，與「我之孤獨」情境。

後記：詩我之我詩的自述

詩，是什麼？什麼是詩呢？

我認為詩是以自我意象的私語而表現的文類，語言是有些獨特，故而使讀者與評論者，產生迷惑與求解的困境。但我對這些評論，從不應對回應。因為，他們說得天花亂墜，我始終有我的堅持，寫我特有的，也是我「文」、「白」喜用的語法「之」「乃」等字，在邏輯的範圍內，來戰勝可意述的說白。

對於我為何一生忠於詩的創作。因為，詩是我的生命，詩是我的人生。說白了，對我來說，寫詩是一種「癮」。其原因，詩人在創作時，可跋扈地差遣、役使語言文字在美的意涵內，體認黑白、橫豎、加減深淺的存有。嚴肅辯證美醜，縝密運思，豢養美的風景，莊重地游藝大千，邏輯地行俠仗義。也就是過這種「癮」，我投入上世紀五十年代，造山造河的詩的懷抱。

有關我寫詩的風貌，從始至終，我不願模仿前人，或同儕詩友，更不願後人來模仿我。至於，我的詩作，不被多數讀者所喜愛或接納。這件事，我從不刻意去考慮。不過，詩是許可曲解與誤讀的文類，以及批評毀譽的文章論述。但希望撰寫者絕不可涉獵到作者的人品與尊嚴，願與之共勉。並且，希望方家學者，多多導正。

我現在詩的創作基石準則，就是面對當下的境況，將人、事、地、物的真實風貌，傾吐內心的真心話敘述出來，即可稱之為「後現代」的作品。但切記絕不自欺欺人。更要杜絕虛假與矇騙。其次，是詩壇有時把我歸類為「達達」、「超現實」或者「後現代」的派別、主義，我毫無意見，只要不妨礙我創作，我都不加可否。

摘自聯副，二〇一七年三月七日；〈我們這一代：二年級作家之8／我的自述〉。

語言文學類　PG1778　秀詩人7

吶喊前後
——後現代詩選集

作　　者／碧　果
責任編輯／盧羿珊
圖文排版／周妤靜
封面設計／葉力安

發 行 人／宋政坤
法律顧問／毛國樑　律師
出版發行／秀威資訊科技股份有限公司
114台北市內湖區瑞光路76巷65號1樓
電話：+886-2-2796-3638　傳真：+886-2-2796-1377
http://www.showwe.com.tw
劃撥帳號／19563868　戶名：秀威資訊科技股份有限公司
讀者服務信箱：service@showwe.com.tw
展售門市／國家書店（松江門市）
104台北市中山區松江路209號1樓
電話：+886-2-2518-0207　傳真：+886-2-2518-0778
網路訂購／秀威網路書店：http://www.bodbooks.com.tw
國家網路書店：http://www.govbooks.com.tw

2017年6月　BOD一版
定價：300元

國家圖書館出版品預行編目

吶喊前後 : 後現代詩選集 / 碧果著. -- 一版. --
臺北市 : 秀威資訊科技, 2017.06
面 ;　公分. -- (秀詩人 ; 7)
BOD版
ISBN 978-986-326-423-1(平裝)

851.486　　　106005956

讀者回函卡

感謝您購買本書，為提升服務品質，請填妥以下資料，將讀者回函卡直接寄回或傳真本公司，收到您的寶貴意見後，我們會收藏記錄及檢討，謝謝！如您需要了解本公司最新出版書目、購書優惠或企劃活動，歡迎您上網查詢或下載相關資料：http:// www.showwe.com.tw

您購買的書名：______________________________

出生日期：________年________月________日

學歷：□高中（含）以下　□大專　□研究所（含）以上

職業：□製造業　□金融業　□資訊業　□軍警　□傳播業　□自由業

□服務業　□公務員　□教職　□學生　□家管　□其它_____

購書地點：□網路書店　□實體書店　□書展　□郵購　□贈閱　□其他

您從何得知本書的消息？

□網路書店　□實體書店　□網路搜尋　□電子報　□書訊　□雜誌

□傳播媒體　□親友推薦　□網站推薦　□部落格　□其他__________

您對本書的評價：（請填代號　1.非常滿意　2.滿意　3.尚可　4.再改進）

封面設計____　版面編排____　內容____　文／譯筆____　價格___

讀完書後您覺得：

□很有收穫　□有收穫　□收穫不多　□沒收穫

對我們的建議：______________________________

____

____

____

請貼
郵票

11466
台北市內湖區瑞光路 76 巷 65 號 1 樓
秀威資訊科技股份有限公司 收
BOD 數位出版事業部

....

（請沿線對折寄回，謝謝！）

姓　　名：____________ 年齡：________ 性別：□女　□男

郵遞區號：□□□□□

地　　址：______________________________

聯絡電話：(日)____________ (夜)____________

E-mail：______________________________